Dominante Actrice

Overheersing en erotische onderwerping

Erika Sanders

Dominante Actrice

Erika Sanders

Overheersing en erotische onderwerping

Korte inhoud

5

Angie's vader is de eigenaar van een oud hotel.

Een grote Hollywood-studio wil in het hotel scènes opnemen voor een horrorfilm.

Angie zal haar idoolactrice Helga ontmoeten, een geheime lesbische Domina...

Dominante Actrice is een roman met een sterk erotisch BDSM-gehalte en op zijn beurt een nieuwe roman die behoort tot de Erotic Domination-collectie, een reeks romans met een hoog romantisch en erotisch BDSM-gehalte.

(Alle personages zijn 18 jaar of ouder)

Opmerking over de auteur:

Erika Sanders is een internationaal bekende schrijfster, vertaald in meer dan twintig talen, die haar meest erotische geschriften, ver van haar gebruikelijke proza, signeert met haar meisjesnaam.

Inhoudsopgave

DOMINANTE ACTRICE
ERIKA SANDERS

HOOFDSTUK I

Angie's vader was eigenaar van het oude hotel.

Het was iets kleins. Slechts 5 verdiepingen. Het was al meerdere generaties bij zijn familie. Angie's vader woonde daar terwijl hij de zaak runde en Angie groeide er ook op.

Na een korte verhuizing naar de universiteit, was Angie teruggekeerd naar het hotel terwijl ze op zoek was naar een eigen baan. Hij was altijd blij om zijn vader te helpen en vond het leuk om hier nieuwe mensen te ontmoeten. Het andere voordeel was dat ze gratis in een mooie kamer kon wonen.

Op een dag zat Angie verveeld achter de toonbank. Ze las een modeblog op haar telefoon om de tijd te doden.

Dat veranderde toen haar vader haar met een glimlach op zijn gezicht benaderde.

'Ik heb een verrassing', zei hij.

Ze keek hem met een verveelde uitdrukking aan. 'Nog meer boodschappen te doen?'

"Doe niet zo sarcastisch. Ik heb groot nieuws en ik wachtte op bevestiging voordat ik het je kon vertellen. Een grote Hollywood-studio wil hier scènes opnemen voor een film. Ze hebben ons hotel bekeken en besloten dat het goed was."

Ze was verrast. 'Wauw. Hoe komt het dat ik dit niet wist?'

"De regisseur kwam een paar maanden geleden op locatie scouting toen je nog op de universiteit zat. Het wordt een horrorfilm."

"Wie is de regisseur?"

'Raad eens. Het is iemand die blijkbaar erg beroemd is.'

Hij legde zijn telefoon neer en raakte geïnteresseerd. "Hmm... Nou, ik heb gelezen dat er verschillende horrorfilms in ontwikkeling zijn. Is het Nolan of Fincher ?"

'Iemand genaamd Le Moreau. Heb je van hem gehoord?'

Angie's ogen werden groot. 'Zei je Le Moreau?'

"Een lange man, een beetje oud, met een dikke snor. Hij spreekt met een Frans accent."

"Heel cool! Ik vind hem een geweldige regisseur. Een van de beste die ooit heeft geleefd."

'Dus ik heb het gehoord,' antwoordde hij. "Hoe dan ook, ik heb net de bevestiging gekregen. Volgende maand zijn ze hier voor een shoot van drie weken. In die tijd zullen ook veel cast- en crewleden hier verblijven. We zullen het erg druk hebben."

'Uitstekend voor zaken. Weet je wie erin schittert? Een beroemd iemand?'

Hij glimlachte. 'Een weinig bekende actrice genaamd Helga. Klinkt dat bekend?'

's ogen werden nog groter. "Alsjeblieft, maak geen grappen op die manier. Ik meen het. Als dit een grap is, dan is het niet grappig."

"Zou je grappen maken over zoiets?"

'Weet je nog dat je zei dat je een magische eenhoorn voor me had gekocht?' Ze herinnerde het. "Ik kon niet stoppen met huilen toen ik erachter kwam dat het niet waar was."

'Angie, je was 12 jaar oud. Dat was tien jaar geleden. Weet je het nog?'

'Sommige littekens genezen nooit,' zei ze met een vreugde om haar liefhebbende vader te kwellen, op een manier die alleen een dochter expres kan doen.

'Nou, ik vertel je de waarheid.'

Hij pakte de telefoon in zijn zak en zocht ernaar. Vervolgens liet hij Angie een foto zien, die van hem met Helga was.

"Oh mijn god," hijgde ze. 'En Helga blijft hier?'

'Ze zal op de bovenste verdieping zijn. De deluxe kamer.'

'Voor de hele drie weken?'

'Als ze hier maar filmen,' beaamde hij. "Dit is de planning."

'Kunt u mij excuseren terwijl ik flauwval?'

HOOFDSTUK II

17

Helga was een echte filmster. Hij begon als tienersensatie dankzij een populaire tv-show.

Jaren later veranderde Helga met succes in een geloofwaardige actrice. Hij kreeg grote rollen in films. Ze waagde zich weg van de komedies waar ze bekend om stond en concentreerde zich op dramatische rollen. Het duurde niet lang voordat ze een kassa- en mode-icoon werd.

Er waren wat nare krantenkoppen over Helga's diva-gedrag en bizarre verzoeken. Maar het was niets waar hij niet van kon herstellen. Het enige wat ze nodig had, waren een paar talkshow-optredens op de late avond en ze zou ervoor zorgen dat het publiek verliefd op haar zou worden. Met haar persoonlijkheid en schattige gezicht kon niemand het weerstaan.

Ze was ook lesbisch.

Dat was zijn goed bewaard geheim. Slechts een kleine groep mensen wist ervan. Helga's spel was om haar vrouwelijke fans haar seksuele biedingen te laten doen. En ze heeft nooit gefaald.

HOOFDSTUK III

Het was de eerste opnamedag in het hotel. Helga had de aankomstscène al gefilmd. Uren later filmden ze nog een scène waarin Helga voor het eerst haar hotelkamer binnenkomt.

De kamer die werd gebruikt voor het filmen werd door de filmploeg verbouwd om het een meer rustieke uitstraling te geven. Perfect voor een horrorfilm.

Ondertussen keek Angie vol ontzag toe hoe haar idool aan het werk was. Het was een droom die uitkwam om de grote Helga in actie te zien. Helaas mocht vanwege een contractuele bepaling niemand anders dan teamleden Helga spreken of haar handtekeningen vragen. Opnieuw was het diva-gedrag van de actrice duidelijk aanwezig.

Na het filmen ging Helga naar haar luxe kamer op de bovenste verdieping.

Angie was verbluft toen ze terugkeerde naar de lobby. Ik kon nog steeds niet geloven dat ik naar een film zat te kijken die gemaakt werd. Het was een fascinerend proces. Als fervent filmkijker vond ze het geweldig.

Toen zag hij zijn vader met een stapel handdoeken.

"Waar zijn die voor?" vroeg Angie, die het antwoord al wist.

Hij wierp een aarzelende blik. "Je weet wel."

"Denk je dat ik dat zou kunnen..."

"Nee, sorry. Regels zijn regels. Fans kunnen niet met haar praten. Zelfs niet met jou."

'Maar ik werk hier,' weerlegde ze.

"Jij bent ook een fan. Ze wil niet gestoord worden. Daarom breng ik dit persoonlijk."

Angie stond op en blokkeerde de lift. "Ik heb de afgelopen week heel hard gewerkt om het hele team gesetteld te krijgen. Ik heb geholpen met het inrichten van alle kamers. En toen Helga eerder opdook, heb ik geen woord tegen haar gezegd."

'Je maakt het me erg moeilijk.'

Ze knipperde. 'Ik zal mijn best doen. Alsjeblieft?'

'Het is goed, lieverd,' zei hij met tegenzin, terwijl hij haar de handdoeken overhandigde. 'Beloof me dat je haar niet om een handtekening vraagt en haar niet lastigvalt.'

Ze nam de handdoeken. 'Ik heb je handtekening al op de bon die je eerder hebt getekend.'

Toen draaide Angie zich vrolijk om en liep naar de lift. De knop om naar de vijfde verdieping te gaan werd in hoog tempo ingedrukt.

HOOFDSTUK IV

Hij klopte een paar keer op de deur voordat hij antwoord kreeg. De deur ging open en daar was zijn idool. Het haar van de actrice was nog nat van een recente douche.

Het was even ongemakkelijk toen Angie oog in oog stond met haar idool. Haar mond viel een beetje open en ze was sprakeloos.

'Hallo,' zei Helga. Die handdoeken moeten voor mij zijn.

"Ik...ummm...ja...ik denk van wel."

Helga glimlachte, "Kom binnen. Ik zal je een fooi geven."

'Mag dat? Ik bedoel, vind je dat erg?'

'Ik heb je uitgenodigd, nietwaar?'

"Juist."

Angie liep de hotelkamer binnen en legde de handdoeken op een nabijgelegen tafel. Ondertussen zocht Helga naar wat geld in haar tas.

"Jij werkt hier?" vroeg Helga. 'Je bent niet gekleed in een hoteluniform.'

"Ik ben officieel geen werknemer. Mijn vader is de eigenaar van de zaak. Ik ben opgegroeid met kleine klusjes of bureauwerk."

'Dat is logisch. Ik vroeg me af waarom een zo mooi meisje als jij de hele dag op de achtergrond stond.'

Angie bloosde, "Ik ben niet zo mooi. Tenminste niet vergeleken met jou."

'Wees niet zo streng voor jezelf. Ik vind je erg aantrekkelijk.'

Helga overhandigde Angie een nieuw biljet van $ 20, dat Angie probeerde te weigeren, maar de actrice stond erop.

'Bedankt voor het compliment en de fooi,' zei Angie terwijl ze het geld aannam.

'Vertel eens, wat doet een mooi meisje als jij in het hotel van haar vader?'

"Nou, ik ben onlangs afgestudeerd. Ik ben op zoek naar een baan, maar in de tussentijd blijf ik hier om mijn vader te helpen."

Helga knikte. 'Mooi. Ouders zijn heel belangrijk.'

"Zo waar."

'En woon je net als je vader in dit gebouw?'

"Ja. Gratis accommodatie."

'Het wordt beter. Deze plek is prachtig. Je bent een gelukkige kleine dame.'

'Bedankt,' glimlachte Angie.

"Wat is hier leuk om te doen? Zit je de hele dag?"

"Ik gebruik meestal internet of luister naar muziek. Ik ben ook een fervent tv- en filmkijker. Ik kijk graag, weet je, typische dingen voor meisjes van mijn leeftijd."

Helga trok een wenkbrauw op. "Iets met een bepaalde beroemdheid die recht voor je neus staat?"

'Ik ben een grote fan van je,' zei Angie. 'Sorry, ik heb mijn vader beloofd dat ik dit niet ter sprake zou brengen, maar het is de waarheid.'

"Het is?"

'Ja. Sorry dat ik als een fangirl klink . Ik weet dat je niet gestoord wilt worden.'

'Oké,' glimlachte de actrice. "Ik vind het niet erg om met mijn hardcore fans te kletsen. Vooral als ze schattig zijn zoals jij."

Angie bloosde weer. "Bedankt. Als je nog iets nodig hebt, laat het me dan weten. Ik zou letterlijk alles voor je doen. Dit is als een droom die uitkomt voor mij."

Deze keer werd de blik in Helga's ogen scherper toen ze naar de jonge en onschuldige Angie keek.

'Alles, hè?'

"Ja."

"Weet je, we hebben hier een efficiënte filmploeg. Maar we kunnen altijd extra handen gebruiken. Heb je interesse in zoiets?"

Angie's ogen werden groot. "Echt?"

"Ja werkelijk."

"Klinkt als een goede deal, maar ik heb letterlijk geen ervaring met dit soort dingen. Ik wil je film niet verpesten met mijn onhandige aanwezigheid."

'Onzin. Kom morgen om 8 uur terug naar mijn kamer. We zullen iets regelen. Misschien heb ik wat ideeën voor je.'

Er klonk vastheid in de stem van de actrice. 'Nee' was geen optie. Wat de actrice wilde, kreeg ze . Ze hield van Angie. En het was gedaan.

HOOFDSTUK V

Die nacht. Angie had alles aan haar vader uitgelegd. Hij was eerst sceptisch en vroeg zich af of Angie de actrice had gepest. Maar ze hield vol dat ze dat niet had gedaan.

Toen ze die avond in bed lag, kon Angie alleen maar aan haar idool denken. Het was een droom die uitkwam. In haar stoutste dromen had ze zich niet kunnen voorstellen dat ze zo dicht bij een beroemde beroemdheid zou staan.

Hij dacht aan de aanstaande ontmoeting met Helga en wat die zou inhouden. Helpen bij het maken van een echte film? Echt niet. Zou kunnen? Wauw.

Het hele gebeuren maakte haar angstig. Hij wou dat hij de hele situatie aan zijn vrienden kon toevertrouwen, maar dat was tegen de regels.

Hij kon alleen maar afwachten wat Helga van plan was.

HOOFDSTUK VI

De volgende ochtend. Angie werd vroeg wakker en herstelde haar uiterlijk. Ze droeg een beetje make-up en haar haar was in een paardenstaart bijeengebonden. Ik wilde er niet te formeel uitzien, maar ook niet te casual.

Om 7.55 uur wachtte hij op de vijfde verdieping tot het zover was en klopte toen op de deur.

Helga was pas gebaad, droeg een fijn zijden gewaad, haar haar was vers gedroogd en haar gezicht was ontbloot van make-up.

"Ik ben zo blij dat je het gehaald hebt", glimlachte de actrice. "Doe Maar."

Angie kwam zenuwachtig de kamer van haar idool binnen. Ik had vlinders in mijn buik. Hij probeerde nonchalant te doen. In haar wildste fantasie hoopte ze stiekem bevriend te raken met de actrice.

"Weet je, ik heb veel aan je gedacht", zei de actrice. "Ik denk dat je een hardwerkende, toegewijde persoon bent. En ik hou van je houding. Eigenzinnige mensen zijn leuk om in de buurt te zijn."

"Dat betekent veel. Ik doe altijd mijn best."

'Ik meen het,' zei Helga. "Je hebt een persoonlijk tintje in alles wat je doet. Je geeft me het gevoel dat ik een VIP ben."

Angie glimlachte, "Nogmaals bedankt. Bovendien is het gemakkelijk om te doen omdat je letterlijk een heel belangrijk persoon bent."

'Heb je nagedacht over mijn aanbod?'

'Absoluut. Ik zou graag op elke mogelijke manier willen helpen.'

Helga dacht even na. 'Waarom ga je niet voor de make-upspiegel zitten? Ik zal je eens goed bekijken. We bespreken het later.'

Het was een stevig aanbod en Angie was opgetogen (hoewel ze haar best deed om haar emoties te verbergen). Ze ging aan de kaptafel zitten en bekeek zichzelf in de spiegel. Helga stond achter haar en ze keken elkaar samen in de spiegel aan.

Helga streek met haar handen door het haar van het meisje en maakte de paardenstaart los.

"Je hebt veel aantrekkelijke eigenschappen," merkte Helga op. "Steil haar. Gladde huid. Gevoelige gelaatstrekken. En ik hou ook van je persoonlijkheid."

Angie bloosde, "Je bent lief."

'Wat doet een mooi meisje als jij de hele dag vast in een hotel? Heb je geen date?'

"Niet nu."

'Maar je vader staat toe dat je vriendjes meeneemt, toch?' vroeg Helga.

'Natuurlijk, hij vindt het niet erg. Maar het is al een tijdje geleden dat ik dat heb gedaan.'

Helga bleef het haar van het meisje strelen. 'O? En wat betekent dat? Ik weet zeker dat je geen probleem hebt met het vinden van vriendjes. Er moet dus een andere reden zijn.'

'Het is ingewikkeld. Ik denk dat ik nog dingen aan het uitzoeken ben.'

Angie zag de actrice glimlachen terwijl ze elkaar in de make-upspiegel aankeken. Het was een sluwe glimlach die bij Helga's mooie gezicht paste.

"Ik weet precies hoe je je voelt op deze leeftijd", zei de actrice.

"Jij denkt?"

Helga pakte een haarborstel en begon het haar van het meisje te kammen.

"Natuurlijk. Ik ben een mens, net als iedereen. En om het botweg te zeggen, veel vrouwen twijfelen op een gegeven moment aan hun seksualiteit. Het is niets om je voor te schamen."

Angie knikte langzaam. "Het is zo raar om je dit te horen zeggen. Het is gemakkelijk om te vergeten dat beroemdheden net als iedereen zijn."

De actrice leunde voorover en bracht haar lippen dicht bij het oor van het meisje.

'Ons geheim,' fluisterde Helga.

Angie glimlachte terwijl ze elkaar in de spiegel aankeken. "Ons geheim."

'Over geheimen gesproken,' zei Helga, terwijl ze opstond om het haar van het meisje weer te borstelen. 'Laten we het over mijn film hebben. Wat weet jij ervan?'

"Niet veel. Het is gewoon een horrorfilm en de filmploeg heeft een aantal oude meubels toegevoegd om deze plek er oud en rustiek uit te laten zien."

"Is dit spannend voor je?"

"Oh ja," erkende Angie. "Ik hou van films."

'Heb je ooit The Shining gezien?'

"God, ja. De 'alles werk, niet spelen'-scène is een van de beste scènes in de filmgeschiedenis, IMHO. Al met al is het een waar meesterwerk."

'Ik ben blij dat je er zo over denkt,' antwoordde Helga geamuseerd. "Omdat we iets soortgelijks doen."

"Klinkt geweldig. Ik twijfel er niet aan dat het geweldig zal zijn."

"Ik zou het ermee eens moeten zijn. Le Moreau wil iets doen dat lijkt op de Dracula-film van The Shining en Coppola. Het is dus eigenlijk een psychologische horrorfilm met een sterke seksuele ondertoon."

Angie was het daarmee eens. "Ik kan alleen maar herhalen dat dit absoluut ongelooflijk klinkt. Ik ben altijd een bewonderaar geweest van het werk van Le Moreau."

De actrice legde de borstel neer en legde haar handen op de schouders van het meisje. Ze keken elkaar samen in de spiegel aan en keken naar hun reflecties.

"Je zou de komende weken mijn persoonlijke assistent kunnen zijn. Je zou speciale taken krijgen om mijn acteerprestaties voor deze rol te verbeteren."

'Ik ben sprakeloos,' antwoordde Angie, bijna met tranen in haar ogen. 'Als je echt wilt dat ik je assistent ben, zou ik dat graag doen. Je bent de beste.'

"Ik zal alles voor iemand doen, als die iemand iets voor mij doet. Ik zal je ook financieel compenseren voor je tijd."

Angie stond op en gaf haar idool een knuffel. Het was een lange en tedere knuffel.

HOOFDSTUK VII

31

Angie werd gevraagd een geheimhoudingsverklaring te ondertekenen. Het was duidelijk en vereiste dat Angie alles vertrouwelijk hield met betrekking tot haar interacties met Helga.

Ze had er geen probleem mee om het te ondertekenen.

De rest van de dag keek Angie toe terwijl Helga enkele scènes filmde. Het proces was fascinerend. Het installeren van de filmcamera's en verlichting kostte veel tijd. Elke acteerscène moest meerdere keren worden gedaan om ervoor te zorgen dat het perfect was.

Angie 's vader was er niet. Hij had het te druk met het runnen van het hotel. Ook was hij niet erg geïnteresseerd in het filmproces.

Maar voor Angie was het een fascinerende ervaring.

HOOFDSTUK VIII

De volgende ochtend. De besloten bijeenkomst was gepland om 6.30 uur op de 3e verdieping van het hotel. Het was de kamer waar een deel van de film werd opgenomen.

Toen Angie arriveerde, stond de deur op een kier en stond Helga te wachten.

'Welkom bij onze film,' glimlachte Helga. "Sluit alstublieft de deur."

Angie liep naar binnen en sloot de deur. Hij keek om zich heen en verwonderde zich over hoe de kamer was veranderd.

De twee vrouwen wisselden beleefdheden uit voor de ochtend. Het was kort en eenvoudig, en er was nog steeds een lichte verlegenheid van Angie's kant.

"Heb je genoten van het kijken naar het proces van het maken van films?" vroeg Helga.

"Het was geweldig. Ik geniet echt van het kijken naar de beelden. En ik vind je acteervaardigheden geweldig. Het was een waar genoegen om naar je te kijken."

'Nou, ik denk dat het eindelijk tijd is om je taken als mijn assistent te vervullen.'

Angie's ogen lichtten op. 'Heeft u iets speciaals aan uw hoofd?'

"Ja. Dit is een horrorfilm met een zeer erotische sfeer. Zoals je weet , neem ik acteren heel serieus. Ik vind het leuk om in mijn personage te kruipen voordat het filmen begint, op die manier ben ik veel beter voorbereid. Vooral voor de echt belangrijke scènes .

"Dat is heel logisch."

"Over een paar uur gaan we grote dingen opnemen. Mijn personage ziet erotische beelden in haar dromen. Het is de eerste keer dat mijn personage dit meemaakt, dus de scène moet er sterk en geloofwaardig uitzien."

"Hoe kan ik helpen?" vroeg Angie.

"Ik heb je nodig om me in de stemming te brengen. Niets grafisch. Maar ik wil dat je voor me poseert. Naakt."

"Naakt?"

Helga knikte. "In de scène die we binnenkort gaan opnemen, bevindt mijn personage zich in een droomstaat en ontmoet hij een geest in de vorm van een naakte vrouw. Het is eng, maar het is erotisch."

'Ik begrijp het niet. Ik bedoel, is het echt nodig dat ik me uitkleed?'

"Nou, zo bereid ik me voor op grote acteerscènes," zei Helga. "Ik vind het leuk om een beetje te repeteren en dingen uit te zoeken."

Angie was verward en geschokt. Zijn gezichtsuitdrukking was even afwezig terwijl hij probeerde zijn gedachten te ordenen.

"Ik... uhm... dit is zo raar."

De actrice schudde haar hoofd. 'Ga alsjeblieft op het bed zitten. Ik wil niet dat je je raar voelt. Ik wil dat je je op je gemak en ontspannen voelt.'

Beide vrouwen zaten samen op het bed. Ze keken elkaar in de ogen en stonden bijna oog in oog.

'Mag ik je een kort verhaaltje vertellen?' vroeg Helga.

'Ja, natuurlijk. Alles.'

"Mijn pad naar roem was niet gemakkelijk. En beroemd blijven is nog moeilijker. Toen ik een jonge ster was, had ik alles. Kansen waren overal. Mensen waren dol op me. Ik was het belangrijkste op televisie."

Angie luisterde aandachtig terwijl haar idool herinneringen ophaalde.

De actrice vervolgde: "Toen de show eindelijk eindigde, stond ik op een kruispunt in mijn carrière. Destijds was ik al 19 jaar oud. Ik stond bekend als het middelbare schoolmeisje op tv en plotseling was ik te oud om te spelen die rollen. Ik kreeg niet meer dezelfde aanbiedingen. Ik was bang dat mijn entertainmentcarrière al ten einde liep."

Er was een emotionele spanning tussen hen toen Helga haar ziel blootlegde.

De actrice vervolgde: "Maar ik was vastbesloten om te slagen. Ik nam een nieuwe manager aan en beval hem om volwassen rollen voor mij te zoeken. Ik wilde de wereld laten zien dat ik een kracht was. Ik wilde drama's doen om mijn talent als actrice te laten zien , als artiest. Ik heb talloze keren regisseurs en producers gebeld. Ik bereidde me grondig voor op elke auditie."

Angie hing aan elk woord dat haar idool sprak.

De actrice vervolgde: "Wat ik wil zeggen, is dat ik alles heb gedaan om succesvol te zijn. Ik heb gevochten voor de beste rollen. Toen ik een rol kreeg in een goede film, deed ik alsof mijn leven voorbij was. En de resultaten spreken voor zich. voor zichzelf." Ik ben momenteel een van de meest populaire actrices ter wereld, ongeacht de leeftijdscategorie."

"Dat is zo'n inspirerend verhaal," antwoordde Angie met tranen in haar ogen. "Je bent een inspiratie voor vrouwen over de hele wereld. Je bent zo getalenteerd en geweldig."

"Dat is de arbeidsethos die je nodig hebt als je succesvol wilt zijn."

Angie slikte moeilijk. "Wil je nog steeds dat ik... je weet wel..."

"Ik dwing je tot niets. Ik heb wel een toegewijde assistent nodig. Als je de taak niet aankunt, kan ik altijd iemand anders vinden. No hard feelings."

Angie haalde diep adem. 'Dat zal ik doen. Wat je ook nodig hebt voor ondersteuning.'

'Sta dan op en doe je topje uit.'

haalde diep adem, stond op en keek naar haar idool, die nog steeds op het bed zat te wachten en naar haar te kijken. Angie deed haar blouse uit en hield haar beha en broek aan.

"Mijn hele topje?" vroeg Angie op een verlegen toon.

"Is er een probleem?"

"Niet doen."

Ze reikte naar achteren om haar beha los te maken en liet hem op de grond vallen. Het kostte haar moeite om haar handen langs haar lichaam te krijgen, maar het lukte haar. Ze was altijd al onzeker geweest over haar kleine borsten. Ze waren klein met puntige roze tepels. Haar tepels verstijfden van blootstelling.

'Ik vind je borsten schattig,' merkte Helga op. "Niet zenuwachtig worden".

"Dank u."

Nu de rest.

"Alles?" vroeg Angie.

Helga trok haar wenkbrauw weer op. 'Tenzij je dat natuurlijk niet wilt?'

Angie haalde nog dieper adem en bukte zich om haar schoenen en sokken uit te trekken. Dan zijn broek. Eindelijk haar slipje. Het was een tijdje geleden dat ze haar schaamhaar had laten knippen, wat haar een beetje in verlegenheid bracht.

Angie was helemaal naakt van top tot teen. Ze voelde zich vernederd door naakt voor haar idool te staan, maar ze voelde dat ze een belangrijk doel diende.

'Heel mooi,' zei Helga terwijl ze naar het meisje keek. 'Je hebt een eigenaardige blik die ik aantrekkelijk vind.'

"Bedankt. Ik wou dat ik zo sexy kon zijn als jij."

'Nou, je zou het kunnen proberen. Laat me iets zien.'

"Zoals?"

'Alles,' antwoordde Helga. "Denk eraan, mijn personage in de film bevindt zich in een droomstaat. En hij ziet een visioen van een mooie naakte geest. Dus, maak zoiets voor mij opnieuw."

Angie verstijfde even. Toen zwaaide ze met haar blote heupen in een sensuele beweging, wat gek moet hebben geleken, dacht ze. Het deed Helga echter glimlachen.

"Vindt deze?" vroeg Angie.

'Dat is voldoende. Draai je om. Laat me je kont zien.'

Angie draaide zich om en liet haar blote billen aan de actrice zien. Daarna bleef ze haar heupen weer wiegen.

'Mooie kont,' merkte Helga op. "Goede bewegingen ook."

"Ik heb buikdanslessen gevolgd bij een vriend, maar dat was een paar jaar geleden. Ik ben een beetje roestig."

'Ik kan het zien,' erkende Helga. "Nu, volgens het script , zie ik de geest in mijn dromen, volg haar dan door de gang en dan de trap af naar de verdieping beneden."

Er was een ernst in de stem van de actrice, alsof ze verwachtte dat er iets zou gebeuren. Plotseling werd Angie zich weer heel bewust van haar naaktheid.

"Je bedoelt... je wilt dat ik..."

Helga knikte. "Repetities zijn erg belangrijk voor mij. Wil je niet dat ik goed werk doe voor deze film?"

"Natuurlijk."

'Ga de gang in. Ga dan naar beneden. Ik volg vlak achter me.'

"Is dat legaal?" vroeg Angie gedwee.

"Heb je niet gelet op alles wat ik heb gezegd? Succes draait allemaal om hard werken en toewijding. Ik ben een internationale beroemdheid vanwege mijn arbeidsethos. En ik verwacht van mijn aanwezigen dat ze hetzelfde niveau van toewijding tonen."

Er was een ernst over de actrice die niet kon worden ontkend. Het was een dominante kant die nog nooit aan het publiek was getoond. Voorbij is het bekende publieke imago van Helga. Voorbij is haar goede meisjesgedrag. Het was een glimp van de echte Helga.

En Angie voelde zich hulpeloos.

'De mensen zijn op dit moment meestal niet wakker. Maar we redden het wel.'

Helga glimlachte, "Dat is de houding die ik graag hoor."

Met trillende handen draaide Angie zich naar de deur. Ze werd zich veel bewuster van haar eigen naaktheid. Helga stond op en deed de deur van de kamer open. Er was een ondeugende blik op het gezicht van de actrice, die goedkeurend knikte.

Het was tijd. Angie wist precies wat er moest gebeuren. En het was onmogelijk dat hij zijn idool in de steek zou laten.

Angie keek door de gang. Hij keek beide kanten op om er zeker van te zijn dat er niemand was. De kamer was leeg. Angie deed de grote stap en liep met haar naakte lichaam de gang in.

Ze hoorde de deur achter zich sluiten terwijl ze liep. Helga volgde haar. Het was een schrijnende ervaring toen ze naakt door het gangpad liep. Zijn lichaam was stijf en zijn vuisten gebald.

'Wees meer ontspannen,' zei Helga, het naakte meisje volgend. "Het vrouwelijke geestkarakter beweegt langzaam en sensueel. Denk eraan, ze is in een droom."

Angie haalde diep adem en liep langzamer en sensueler, waarbij ze bij elke stap haar heupen bewoog. Ondertussen bad ze dat niemand haar zou zien, vooral haar vader niet. Het was een angstaanjagend moment. Zijn hart bonsde. Maar tegelijkertijd verstijfden haar tepels met een krachtig exhibitionistisch gevoel.

Eindelijk bereikten ze het einde van de gang. Godzijdank. Maar het ergste was nog niet voorbij. Nog niet. Ze stapte de trap op, haar blote voeten raakten de koude vloer. Hij ging naar de tweede verdieping.

Hij opende de deur naar de tweede verdieping na een snelle blik. De gang op de tweede verdieping was leeg. Godzijdank, nogmaals.

Angie liep de gang in, niet wetend hoe ver ze moest gaan. Ze liep gewoon door, naakt, met haar idool vlak achter haar. Het was het meest ongemakkelijke en ongewone moment van zijn leven.

'Laten we naar de spa gaan,' zei Helga. 'Je kunt daar een kamerjas ophalen en dan kunnen we even praten.'

Na een aantal lange, langzame stappen bereikten ze eindelijk de kleine sparuimte op die verdieping. Angie opende de deur en ze gingen allebei naar binnen. Ze slaakte een zucht van verlichting dat haar naaktwandeling eindelijk voorbij was.

'Je bent een grote hulp geweest bij mijn voorbereiding,' zei Helga. "Dank u."

'Graag gedaan,' antwoordde Angie met een beverige stem.

Angie reikte naar een handdoek om haar naaktheid te bedekken, maar Helga legde haar hand hard op de handdoek en spelde hem aan de tafel. Ze stonden oog in oog.

"Hoe voel je je?" vroeg Helga.

'Ik weet het niet,' haalde Angie haar schouders op. 'Kwetsbaar, denk ik. Dat was best raar.'

"Je vindt mij leuk?"

"Het was spannend, denk ik. Mijn hart bonst als een gek."

'Dat is maar goed ook. Het geeft je het gevoel dat je leeft, nietwaar?'

Angie was het daarmee eens. 'Volgens mij. Ja, je hebt gelijk.'

Helga leunde naar voren en kuste het naakte meisje op de lippen. Angie verzette zich niet. Hoe kon hij zijn idool weerstaan? Het was een zachte en vriendelijke kus.

Toen boog Helga zich voorover en raakte Angie's lippen aan. Hij wreef zachtjes en het topje van zijn vinger ging erin, een heel klein beetje.

'Je bent nat,' merkte Helga op.

Angie bloosde. 'Het is van die wandeling. Het was zo... ik weet niet hoe ik het moet beschrijven.'

'Doe geen moeite. Sommige genoegens zijn niet te beschrijven.'

"Wat gebeurt er nu?"

"Je doet geweldig werk als mijn nieuwe assistent. Maar deze shoot heeft belangrijkere scènes om te filmen. En ik heb je hulp nodig. Je training gaat morgen verder. Voorlopig kun je de handdoek gebruiken."

Helga liet de handdoek vallen en Angie greep hem en bond hem om haar lichaam. Er was weer een ondeugende blik op Helga's gezicht. En Angie vroeg zich af wat de actrice bedoelde met het woord 'training'.

HOOFDSTUK IX

41

Een paar uur later arriveerde een model op de set met een witte jas aan. Ze was jong en mooi. Er waren vreemde symbolen op zijn gezicht geschilderd voor de film. Toen het tijd was om te gaan filmen, kleedde het model zich uit en stond schaamteloos naakt. Zijn gezicht bleef uitdrukkingsloos tijdens het filmen.

Helga gaf een prachtige prestatie als actrice. Ze deden een paar takes totdat de regisseur tevreden was. Toen de scène voltooid was, applaudisseerde de bemanning Helga en het naaktmodel.

Die avond ging Angie naar bed en dacht aan de gebeurtenissen van de dag. Naakt door de gang lopen was het vreemdste en meest ongewone dat ze ooit had gedaan. Maar het was het waard. Haar idool had haar met lof overladen. En op een vreemde manier voelde het allemaal goed.

Angie liet een hand door haar slipje glijden en wreef met twee vingers over haar klit. Hij bleef wrijven totdat hij het gewenste resultaat had bereikt.

HOOFDSTUK X

Vroeg in de morgen. Op de vierde verdieping van het hotel had de vrouwelijke producent van de film gewacht.

De vrouwelijke producent van de film was een lange, streng uitziende vrouw die een no-nonsense uitdrukking op haar gezicht hield. Ze was ook een visie van volwassen schoonheid. Haar lichaam was voluptueus en rond op de juiste plaatsen. Ze bewoog zich met verfijning en gratie.

Nadat ze op de deur had geklopt, opende de vrouwelijke producer deze om Angie te zien wachten.

'Het is een genoegen u formeel te ontmoeten,' zei hij op ernstige toon.

Angie glimlachte, 'evenzo.'

De twee vrouwen schudden elkaar de hand en Angie liep de hotelkamer binnen.

Ze wisselden een praatje uit. De vrouwelijke producer was vol lof over het prachtige hotel en het geweldige personeel. Angie was dankbaar dat ze bij de film betrokken was en legde uit dat ze een grote fan was van het werk van de vrouwelijke producer.

'Heeft Helga de aard van onze besloten ontmoeting uitgelegd?' vroeg de vrouwelijke producer.

'Nee, niet echt. Ze was er een beetje vaag over.'

De vrouwelijke producer knikte. "Zoals je weet is Helga een zeer onorthodoxe actrice. Ze is ongelooflijk getalenteerd en houdt ervan dingen op een bepaalde manier te doen."

"Ik heb gemerkt."

'Dat weet ik zeker. Helga heeft me gisterochtend over je blote menstruatie verteld. Dat was heel moedig van je.'

Angie bloosde, "Nou, het werkte, nietwaar?"

"Je hebt gelijk. Helga heeft weer een uitstekende prestatie geleverd en ik ben van plan om zo door te gaan."

'Je klinkt toegewijd aan dit project.'

'Dat ben ik,' zei hij streng. "Ik stop miljoenen dollars in deze film. Het is natuurlijk in mijn eigen belang om ervoor te zorgen dat deze film een succes wordt."

'Dat is heel logisch,' beaamde Angie. "Ik denk dat iedereen geweldig werk doet. Het ziet ernaar uit dat deze film echt geweldig gaat worden."

Zijn gezicht bleef ernstig. 'Laten we aan de slag gaan, oké?'

"Oké."

"Je hebt vast wel gemerkt dat Helga een unieke smaak heeft."

"Zoals?"

Ze spitste haar blik. 'Moet ik het je echt uitleggen?'

'Ik denk dat ik het snap,' antwoordde Angie gedwee.

'Goed. Nu, Helga heeft je hulp nodig voor de opnames van vandaag. En ze vroeg me om je instructeur te zijn. Weet je wat een fluffer is?'

Angie keek even verbaasd. "Nou, de grappende definitie van een ' fluffer ' is iemand die op een pornoset werkt en mensen geil houdt tussen de takes door? Dat soort fluffer?"

'Je zou gelijk hebben,' zei ze, haar gezicht nog steeds ernstig. 'En daar hebben we je vandaag voor nodig.'

"Ik denk dat ik het niet begrijp".

"Helga heeft een pluim nodig . Ik begrijp dat je de taak aankunt."

Angie verstijfde. "Een fluffer ? Voor een horrorfilm?"

"Voor deze specifieke film, ja. Er zijn een aantal erotische of naaktscènes en Helga heeft de hulp ingeroepen van een fluffer . Ik bedoel, ze wil je voor de baan. Het is duidelijk dat je voor je taken wordt betaald."

Het was een keerpunt voor Angie. Haar verantwoordelijkheden zouden al snel inhouden dat ze opschepte voor haar idool. Ze dacht snel na. Tijd was van essentieel belang toen de vrouwelijke producer haar met een scherpe uitdrukking aankeek.

'Dat zal ik doen,' zei Angie resoluut.

'En weet je dit zeker?'

"Ja, dat ben ik. Ik hoop van wel. Ik heb nog nooit zoiets gedaan. En met Helga- wauw . Dit is allemaal zo nieuw voor mij."

De producent knikte. "Heel goed. Als je besluit je terug te trekken, kunnen we altijd een andere pluim vinden ."

'Dank je. Ik hoop dat het niet zover komt.'

'Wat betreft je verantwoordelijkheden, Helga heeft me verteld dat je relatief onervaren bent met vrouwen, klopt dat?'

"Dat klopt."

'Maar je bent ook aan de nieuwsgierige kant, nietwaar?'

'Ja, dat is waar,' antwoordde Angie een beetje verlegen.

"Wat is uw ervaringsniveau met vrouwen?"

"Voornamelijk zoenen met een ex-kamergenoot van de universiteit. En we vonden het leuk om elkaars borsten aan te raken. Dat is alles."

"Dus je hebt geen ervaring met de vagina van een andere vrouw?" vroeg de vrouwelijke producer botweg.

'Nee. Alleen de mijne.'

"Het is een vrij gemakkelijke vaardigheid om te leren. Vooral met iemand met biseksuele neigingen zoals jij."

Angie bloosde, "Dat is een rare manier om het te zeggen. Maar ik sta open om te leren."

"Prima. Ga op je knieën zitten, jongedame. Ik ga je een korte cursus pluizen geven ."

"Nutsvoorzieningen?"

'Moet ik nog een fluffer voor Helga zoeken?'

'Nee, nee, nee. Dat zal ik doen.'

Angie knielde neer en de statige vrouwelijke filmproducent stond voor haar. Het was een intimiderende positie. Vooral omdat de vrouwelijke producer zo gezaghebbend was met zo'n streng gezicht.

De vrouwelijke producer knoopte haar rok los en onthulde haar volledig naakte vagina. Hij was gladgeschoren. Zijn lippen waren dik en donkerbruin. Binnen was een glinsterende nattigheid.

Angie had nog nooit het poesje van een andere vrouw van dichtbij gezien en de aanblik maakte haar meteen opgewonden. Ze stond versteld van het blote poesje.

"Kijk eens goed", zei de vrouwelijke producer, wijzend naar haar eigen gebied. "Klit, schaamlippen, opening. Zo simpel is het. Helga houdt vooral van clitorale stimulatie."

"Ik ook."

'Prima. Dan weet je precies wat je moet doen. Waarom geef je de mijne niet even een seintje? Ik geef je graag mijn mening.'

Angie stak haar hand uit en raakte haar klitje aan met het topje van haar wijsvinger. Ze streelde hem zachtjes, bijna geïntimideerd door een andere vrouw aan te raken. Vooral een vrouw zo streng als deze vrouwelijke producer was.

"Dat klopt", zei de vrouwelijke producer. "Een beetje sterker. Een beetje sneller. Wees er niet bang voor. Het bijt niet."

Angie drukte harder en wreef hem in een cirkelvormige beweging.

De vrouwelijke producer voegde toe: "Je hebt een uitstekend talent. Nu, je tong."

"Wil je dat ik eraan lik?" vroeg Angie, bijna met een gevoel van opwinding.

'Doe het alsjeblieft. Helga houdt ervan. Het is mijn taak om voor haar belangen te zorgen. Begin nu.'

Angie stak haar tong uit en likte haar klitje met het puntje van haar tong. Ze keek de hele tijd op naar de vrouwelijke producer. Terwijl het puntje van haar tong op de clitoris lag, merkte ze dat de vrouwelijke producer eindelijk de gezichtsuitdrukkingen veranderde en tekenen van plezier vertoonde. Angie wist dat ze iets goed deed.

Toen bewoog Angie haar tong rond de clitoris, waardoor de strenge vrouwelijke producer naar adem snakte.

'Uitstekend. Mijn god. Helga zal later heel blij zijn.'

'Ik ben blij,' zei Angie en ze haalde even haar tong weg.

Als een braaf meisje legde Angie haar tong terug op haar klit.

'Mijn God. Wil je me een plezier doen en doorgaan tot ik klaar ben? Ik zal je instrueren. Ik zal een bonus toevoegen aan je laatste betaling. Oké?'

"Hmm."

Angie likte haar klit en drukte haar hele mond tegen haar kutje, waardoor de vrouwelijke producer naar adem snakte.

HOOFDSTUK XI

Later die ochtend. Filmen was gepland om opnieuw te beginnen op de derde verdieping. De kamer zat vol met mensen terwijl de filmploeg de lichten en de camera installeerde.

Helga droeg een nachtjapon. Het was de outfit die ik nodig had voor die scène. De actrice sprak even met de regisseur over het filmen. Toen ze klaar waren, knipoogde de actrice naar Angie.

'Heeft de vrouwelijke producer je alles geleerd wat je moet weten?' vroeg Helga.

"Alles en meer."

"Ben je nerveus?"

'Absoluut,' gaf Angie toe. 'Ik bedoel, gaat iedereen kijken hoe ik pluis ? Of kunnen we het in een andere kamer doen?'

"Maakt het uit?"

'Het is een beetje vernederend voor mij, vind je niet?'

Helga toonde haar kenmerkende ondeugende glimlach. Het was bijna alsof de actrice genoot van de vernedering die Angie voelde. En ze deed geen poging om het te verbergen.

"Helaas moet het in deze kamer zijn", zei de actrice. "Ik lig in bed. De camera wordt op mijn gezicht gericht. Het idee is dat ik een stoute droom krijg van die naakte geest. Om die emoties goed over te brengen, moet ik verzacht worden."

Angie was het daarmee eens. 'Dus je wilt dat ik je zachter maak, in deze kamer vol mensen, terwijl de camera draait?'

Helga knikte terug. "Precies."

'Oké. Mijn god. Wauw. Dat is nogal gênant.'

"Je hoeft je niet te schamen. Je bevindt je op een professionele filmset. Bedenk eens hoeveel naaktscènes deze crew heeft geschoten. Geloof me, het zijn er veel."

'Dat is een geruststellende gedachte. Maar toch, weet je...'

Helga dacht even na. 'Je kunt je onder mijn deken verstoppen. Ik hoor toch in bed te slapen.'

'Bedankt. Dat klinkt goed te doen.'

'Kom maar onder de deken en warm me op tot de directeur zegt dat je moet knippen. Doe je best.'

'Begrepen,' zei Angie met een vaag gevoel van opwinding.

"Ben je hier enthousiast over?"

'Het is interessant,' zei Angie op een meer passieve toon.

'Wees eerlijk tegen me, Angie. Ik ben altijd heel eerlijk tegen je geweest.'

Angie haalde haar schouders op en glimlachte wrang. "Ik kan eerlijk zeggen dat ik opgewonden ben. Ik geniet van de ervaring om op een filmset te staan. Jij bent ook echt mooi."

"Vind je me aantrekkelijk?"

Angie bloosde. "Wie niet?"

De directeur kwam en vertelde het team om zich klaar te maken. Het filmen stond op het punt te beginnen. Hij gaf iedereen de laatste instructies en zei tegen Helga dat ze naar bed moest gaan.

Maar voordat Helga ging liggen voor de scène, bracht ze even haar mond dicht bij Angie's oor.

'Ik ben zo blij dat dit gebeurt,' fluisterde Helga. "Ik heb gewild dat je mijn poesje zou opeten sinds de dag dat we elkaar ontmoetten."

De actrice ging op zijn plaats zitten, knipoogde en glimlachte terwijl ze op het bed ging liggen. Ze bedekte haar borst met de deken en deed alsof ze sliep.

Angie was verbaasd. Op een goede manier. Het was een verrassende opmerking van zijn idool. En het motiveerde haar alleen maar meer. Terwijl de regisseur het podium opstelde, gleed Angie onder de deken en kon alleen de bovenste helft van haar lichaam bedekken.

"O actie!" riep de manager.

Onder de deken was het donker. Angie moest haar weg tasten. Tijd was van essentieel belang, want de camera draaide. Ze probeerde zo kalm en subtiel mogelijk te zijn. Ze liet haar handen over Helga's benen glijden. Ze duwde het nachthemd omhoog. En daar was het. Het blootgestelde poesje van haar idool. Helga. De vrouw die hij aanbad.

Haar handen raakten Helga's blote kutje aan in het donker van de deken. Hij was gladgeschoren. Waarschijnlijk gewaxt. Hij voelde alles en raakte Helga's lippen aan. Het was glad en dun. Hij proefde een beetje en voelde dat Helga nat was.

Angie leunde haar hoofd naar voren en kuste haar kut.

'Een beetje meer actie, alstublieft,' zei de directeur, alsof hij niet onder de indruk was. "Ik heb gezichtsuitdrukkingen nodig, anders ziet deze scène eruit als totale onzin."

Dat was een signaal voor Angie om aan het werk te gaan. Geen voorspel. Althans niet in deze huidige tijd. Verdomme, dacht hij. Angie wilde voorspel.

Ze voelde zich echter vereerd met zo'n speciale kans. Ze drukte haar mond tegen Helga's kutje en voelde onmiddellijk de benen van de actrice op elkaar klemmen (heel licht). Wat hij ook deed, het werkte. Angie drukte haar mond hard tegen zijn lippen. Zijn tong likte op en neer. Omhoog en omlaag. Ze likte de lippen en de binnenkant. Van tijd tot tijd bewoog hij zijn tong over haar clitoris. Het smaakte naar de hemel. Het was pas de tweede keer dat Angie het poesje had geproefd, en gelukkig voor haar was het het poesje van een Hollywood-superster.

De benen van de actrice trilden een beetje. Wat Angie ook met haar mond deed, het werkte. En het smaakte heerlijk.

" Ann geknipt!" riep de manager.

Een gevoel van teleurstelling overspoelde Angie. Ik wilde meer proberen. Bovenal wilde hij zijn idool laten klaarkomen.

Tot haar grote verbazing gooide Helga de deken van zich af. De hele filmploeg zag Angie met haar mond vol kutjes. Angie keek verbaasd en bewoog snel haar mond.

'Het toneel is klaar,' glimlachte Helga.

Angie ging rechtop zitten met vloeistof rond haar lippen. "Oh... uhm... geweldig."

"Maar ik ben nog niet klaar. Ik moet zo veel klaarkomen. Regel dat maar voor mij."

Met haar ogen door de kamer speurend, zag Angie de geamuseerde leden van het team naar hen kijken en wilden zien wat er zou gebeuren.

'Kunnen we dat later doen? Ik bedoel, privé.'

Helga boog zich voorover en spreidde haar lippen. "Nutsvoorzieningen."

Enkele leden van de filmploeg begonnen de lichten en de camera te demonteren. Anderen stonden eromheen. Anderen zetten zich schrap voor het volgende schot. Angie voelde zich ongelooflijk zelfbewust met haar kutje voor haar gezicht.

"Nutsvoorzieningen?"

Helga knikte. "Ik vind het heerlijk om een exhibitionist te zijn."

Na een diepe ademhaling liet Angie haar hoofd zakken en legde haar mond nogmaals op haar kut. Deze keer was de deken er niet om hem te bedekken. Deze keer was het buiten, voor de hele filmploeg te zien.

Ze sloot haar ogen, bang dat mensen toekeken. Wie wil niet dat de beroemde Helga wordt verslonden door de nieuwe assistent?

Het was een angstaanjagende gedachte voor Angie. Maar op een rare, exhibitionistische manier was het wel spannend. Bovenal was hij blij dat hij tenminste nog een keer van Helga 's magische poesje kon proeven. Ze likte gehoorzaam haar tong. Slagen op en neer. Precies zoals de actrice wilde.

'Kijk me aan,' zei Helga.

Angie opende haar ogen om het wellustige gezicht van haar idool te zien. Vanuit zijn ooghoek zag hij ook enkele leden van de filmploeg toekijken. Het was vernederend, maar ook spannend.

'Ik ben er bijna,' kreunde Helga. 'Zo dichtbij. Stop niet.'

Met een nieuwe intensiteit likte Angie haar tong nog harder. Zijn doel was om zijn idool te plezieren. En ze was bereid om het te doen, zelfs in het bijzijn van de filmploeg. Het doel was bijna bereikt toen Helga onbeschaamd bleef kreunen.

"Trek je tong er verder in", kreunde de actrice. "OMG..."

Angie bleef snel likken terwijl Helga haar hoofd stevig vasthield en daarbij over haar haar wreef. De actrice kreunde en kreunde.

De actrice kreunde luid en Angie's mond werd plotseling gevuld met een orgasme toen Helga kwam. Het was een heet, nat orgasme. Heet genoeg om de beroemde actrice te doen rillen.

'Goh,' zuchtte Helga. "De vrouwelijke producer was een goede lerares. Of misschien ben je een natuurtalent."

Angie ging rechtop zitten en veegde het vocht van haar lippen met de rug van haar hand. Hij keek om zich heen en zag het team weer aan het werk gaan nadat sommigen van hen hadden toegekeken. Het was beschamend, maar hij probeerde er niets om te geven.

"Wat kan ik zeggen? Ik ben een pleaser," Angie bloosde.

'Dat weet ik. En dat is wat ik zo leuk vind aan jou.'

De actrice trok haar jurk naar beneden om haar pas tevreden kutje te bedekken. Ze glimlachte, stond op en bereidde zich voor op de volgende scène.

HOOFDSTUK XII

Later die avond. Angie lag in bed en dacht aan de gebeurtenissen van de dag. Hij speelde alles in zijn hoofd tot in detail na.

Ze stelde zich voor dat ze het poesje van de vrouwelijke producer weer zou likken. Ze stelde zich toen voor om Helga volledige orale seks te geven terwijl een filmploeg kon toekijken.

De dag ervoor was ze een lesbische maagd. Maar terwijl hij die avond in bed lag, had hij al ervaring met twee mooie vrouwen. Een daarvan was zijn idool.

Angie bracht twee vingers naar haar clit en wreef erover. Het gevoel van het proeven van Helga's kutje in het bijzijn van iedereen was intens. Het was een krachtig gevoel van seksueel verlangen, lust en vernedering.

Ze wreef en wreef. Terwijl ze zichzelf bleef aanraken, vroeg ze zich af wat Helga nu van plan was. Ze hadden de volgende ochtend nog een privévergadering gepland. O, de mogelijkheden, dacht hij.

Hij wilde heel graag Helga's kutje weer opeten. Als hij geluk had, zou Helga misschien iets terugdoen. Maar dat was te veel om op te hopen, gezien Helga's enorme beroemdheidsstatus. Maar een meisje mag toch dromen?

En dat was het moment waarop ze kwam...

HOOFDSTUK XIII

De volgende ochtend vroeg. Angie ging naar de vijfde verdieping om Helga te zien.

De actrice zag er fris uit de douche. Haar haar was opgestoken en haar gezicht was opgemaakt, ook al was het nog vroeg. Ze droeg een zijden gewaad en was blootsvoets. Ze wisselden een praatje en beleefdheden uit voor de ochtend. Maar toen Helga een van haar wenkbrauwen optrok, was het tijd om aan de slag te gaan.

'Je doet het goed als mijn nieuwe assistent,' zei Helga. "Ik ben tevreden. Er zijn niet veel vrouwen die de taken kunnen vervullen."

"Vleiend om te horen. Dank je."

"Ik zou degene moeten zijn die je moet bedanken. De regisseur heeft me alle foto's laten zien die we tot nu toe hebben gemaakt en mijn acteerwerk ziet er geweldig uit. Ik ben je alles verschuldigd."

Angie bloosde: "Nee. Ik kan je talent niet opeisen. Je bent geweldig in alle films waarin je hebt gespeeld."

"Maar in die films vertrouw ik vaak op een speciale assistent. Vooral voor de erotische rollen. Nu vertrouw ik je."

"Ik voel me zeer vereerd. Ik weet niet wat ik anders moet zeggen."

'Angie, ik ga mijn badjas uittrekken en ik wil je eerlijke mening. Is dat goed?'

Ze knikte langzaam. "Oké."

De actrice liet haar gewaad vallen om een zwart korset te onthullen. Het liet haar kutje bloot, samen met haar parmantige borsten en kleine bruine tepels. Er was een blik van zwoel vertrouwen op haar gezicht.

Angie's mond viel open en ze was sprakeloos.

"Nou, wat denk jij?" vroeg Helga.

"Je ziet er... heel heet uit. Ik bedoel, heel heet. Is dit voor de shoot van vandaag?"

'Nee. Het is alleen voor jou.'

Angie keek verbaasd. "Voor mij?"

De actrice opende een nabijgelegen la en haalde er een voorbinddildo uit.

"Angie, ik ga je hiermee neuken."

Ze slikte moeilijk. "Echt?"

'Ja, echt. Ik neem aan dat je geen maagd bent.'

"Nee ik ben niet."

"Dit zal bijna hetzelfde voelen", legde Helga uit. "Maar in plaats van een lul, voel je mijn lul, en dat is deze dildo. Ik denk dat je hem leuk gaat vinden."

'Ik droomde ervan je weer te likken.'

Helga lachte. "Daarom hou ik van mijn fans. Ik zal hier de komende 3 weken zijn. Geloof me, je hebt genoeg tijd om mijn poesje te likken. En mijn producervrouw wil ook weer gelikt worden. Je hebt een getalenteerde mond ." Maar voor nu wil ik je neuken."

Hij zag hoe zijn idool de riem om zijn kruis deed. De dildo wees naar voren. Angie slikte moeilijk. En ze voelde zich opgewonden. Wat er ook ging gebeuren, Angie was vastbesloten ervan te genieten. Haar kutje voelde klaar. Er was een tintelend gevoel tussen haar benen en haar tepels werden hard.

'Ik zal doen wat je wilt,' zei Angie. "Ik ben hier voor jou."

Helga glimlachte, "Ik weet dat je dat wilt. Ga nu naakt."

Omdat ze geen verdere instructies nodig had, begon Angie haar kleren uit te trekken. Ze was gekleed in een eenvoudig pak. Elk kledingstuk werd verwijderd en op de grond gegooid.

Het was spannend om weer naakt voor Helga te staan. Het was makkelijker omdat Helga haar al naakt had gezien. En deze keer hoefde Angie niet door het gangpad te lopen. Ze zouden alleen in de privacy van de hotelkamer blijven.

Toen Angie eenmaal naakt was, ging ze rechtop staan en liet haar idool haar goed bekijken.

'Loop naar het raam,' beval Helga.

Angie liep naar het raam van de hotelkamer. De gordijnen waren open. De straat vertoonde tekenen van leven toen mensen naar hun werk gingen voor de dag.

'Leg je handen tegen de muur,' zei Helga. 'Buig voorover. Maar blijf dicht bij het raam. Ik heb het gevoel dat je een geheime flitser bent.'

Clara gehoorzaamde. Hij boog zich voorover, legde zijn handen op de muur, maar bleef dicht bij het raam.

Haar benen waren wijd gespreid en plotseling voelde ze Helga's tong op en neer gaan in haar kutje. Het was de eerste keer dat een vrouw haar kutje likte. En het was Helga. De Helga. De grote beroemdheid. Haar idool was eigenlijk haar poesje aan het likken!

Het waren verschillende lange likken. Helga 's tong ging het gat in en draaide rond. Angie wenste dat dat gevoel voor altijd zou duren, maar dat gebeurde natuurlijk niet. Het was alleen voor natuurlijke smering. Toen Angie's kutje nat genoeg (en heet genoeg) was, stopte Helga.

Toen voelde Angie haar vaginale lippen uit elkaar gaan en de punt van het harde seksspeeltje werd tussen haar vaginale lippen geplaatst.

'Je zou hier blij mee moeten zijn,' zei Helga. 'Ik maak een vrouw van je.'

Daarmee duwde de actrice en het seksspeeltje kwam in Angie's kutje. In één klap kwam hij binnen. Plotseling werd Angie's strakke gaatje op bevel van haar idool uitgerekt.

"Oh god," hijgde Angie. "Oh God."

De dildo werd teruggetrokken, toen was er nog een stoot. Een hardere duw.

'Kijk naar buiten. Houd je ogen op de straat gericht.'

Angie keek uit het raam terwijl Helga harder en sneller stompte. Ze huilde van de intense sensatie in haar kutje. Ze werd ook overweldigd door het exhibitionistische gevoel voor een raam te worden opgeëist. Ze was slechts 5 verdiepingen hoger en de beroemde Helga neukte haar.

Ze huilde en huilde.

'Dat is het,' zei Helga. "Stel je voor dat je wordt bekeken door al die hardwerkende mensen. Stel je voor dat ze weten dat ik ze bezit. Ze zouden weten dat je mijn onderdanige bent ."

Die woorden deden een rilling over Angie's ruggengraat lopen toen haar kutje werd uitgerekt door het seksspeeltje. Haar tenen grepen de vloer en haar handen drukten hard tegen de muur.

Helga kneep met haar ene hand in Angie's delicate roze tepel en met een andere hand om Angie's pijnlijke klit te wrijven.

Het was volledige seksuele extase in Angie's fysieke en mentale zintuigen. Het goede. Het soort dat een orgasme opwekt.

"Mijn kut!" schreeuwde Clara. "Oh God! Mijn kut! Dat...dat..."

Helga neukte harder. Hij kneep harder in Angie's roze tepel. En wreef nog sneller over Angie's klit.

'Laat het eruit, Angie. Laat het eruit. Het is goed.'

Het was een orgasme dat Angie nooit zou vergeten. Een stroom vloeistof liep langs haar benen en op het tapijt. Zijn spieren spanden zich samen en hij worstelde om op de been te blijven. Zijn mond viel open en zijn hart klopte snel.

Toen het orgasme voorbij was, stopte Helga met stoten en trok zich terug.

'Draai je om,' zei Helga. "Op knieën."

Angie gebruikte de energie die ze nog had om te gehoorzamen. Ze ging op haar knieën zitten.

'Lik me schoon,' zei Helga, terwijl ze haar heupen bewoog om het seksspeeltje te schudden. 'Je hebt er een puinhoop van gemaakt. Ruim het nu op.'

Angie begon bovenaan. Ze likte het seksspeeltje, zoog erop en proefde haar eigen vaginale vocht. Vervolgens kuste en likte hij Helga's dijen. Dan haar kuiten. Dan de toppen van zijn voeten.

'Sta op,' zei Helga.

De actrice maakte de riem los en gooide hem weg.

Toen beide vrouwen oog in oog stonden, liep Helga naar het meisje toe en kuste haar op de lippen. Ze wisselden de smaak van Angie 's orgastische vloeistoffen in elkaars monden uit. Het was een gepassioneerde en energieke tongzoen.

Hoewel Angie seksueel uitgeput was, had de kus haar weer tot leven gewekt.

'Jij bent mijn onderdanige voor de komende weken,' zei Helga. "Wat ik ook wil, je zult het doen. In ruil daarvoor beloof ik je de beste orgasmes die je ooit zult hebben. Is dat duidelijk?"

Angie knikte en glimlachte, "Ze was van jou vanaf de eerste dag dat we elkaar ontmoetten."

Ze zetten hun knuffel voort. Hun armen sloegen om elkaar heen en ze bleven elkaar op de lippen kussen.

EINDE

63